Olhar a África e ver o Brasil

Instrumentos musicais

Fotos: Pierre Verger

Curadoria Raul Lody

Coleção Olhar e Ver
Instrumentos musicais: olhar a África e ver o Brasil
© IBEP, 2015.

Diretor superintendente	Jorge Yunes
Diretora editorial	Célia de Assis
Gerente editorial	Maria Rocha Rodrigues
Coordenadora editorial	Simone Silva
Editora	Camila Castro
Revisão	Beatriz Hrycylo, Denise Santos, Luiz Gustavo Bazana, Salvine Maciel
Secretaria editorial e Produção gráfica	Fredson Sampaio
Assistentes de secretaria editorial	Carla Marques, Mayara Silva, Thalita Ramirez
Assistentes de produção gráfica	Elaine Nunes, Marcelo Ribeiro
Coordenadora de arte	Karina Monteiro
Assistentes de arte	Aline Benitez, Gustavo Prado Ramos, Marilia Vilela
Iconografia	Bruna Ishihara, Victoria Lopes, Wilson de Castilho
Fotos	Acervo da Fundação Pierre Verger
Processos editoriais e tecnologia	Elza Mizue Hata Fujihara
Projeto gráfico e capa	Departamento de Arte – IBEP
Diagramação	Departamento de Arte – IBEP

CIP-BRASIL. CATALOGAÇÃO NA PUBLICAÇÃO
SINDICATO NACIONAL DOS EDITORES DE LIVROS, RJ

I47

    Instrumentos musicais : olhar a África e ver o Brasil / fotos de Pierre Verger; [curadoria Raul Lody]. - 1. ed. - São Paulo : IBEP, 2015.
    23 cm.

    ISBN 978-85-342-4611-8

    1. Conto infantojuvenil francês. I. Lody, Raul. II. Pierre Léopold Verger, 1902-1996.

15-29006	CDD: 028.5
	CDU: 087.5

10/12/2015   10/12/2015

1ª edição – São Paulo – 2015
Todos os direitos reservados

Av. Alexandre Mackenzie, 619 – Jaguaré
São Paulo – SP – 05322-000 – Brasil – Tel.: (11) 2799-7799
www.ibep-nacional.com.br   editoras@ibep-nacional.com.br
Impressão e acabamento: Gráfica Cipola - Dez/2017

◈ Apresentação ◈

A Coleção *Olhar e Ver* valoriza a linguagem visual como principal condutor de conteúdo e como meio para interpretar as profundas relações entre o continente africano e o Brasil.

As fotografias de Pierre Verger, orientadas por um olhar sensível e humanista, são capazes de retratar momentos sociais repletos de significados peculiares para cada cultura, para cada episódio da vida cotidiana.

Essas fotografias resgatam a memória e a invenção africana em diferentes regiões desse continente. Já no Brasil, retratam as manifestações populares que são correlatas às matrizes étnicas e culturais do continente africano.

O livro *Instrumentos musicais* traz imagens que revelam a importância estética dos instrumentos musicais para a arte africana, na qual a beleza dos objetos está diretamente relacionada às suas funções no cotidiano e nas festas. E mostram também a influência desses instrumentos na música popular brasileira.

◈ Sumário ◈

 KALIMBA 6

 GAN 16

 BERIMBAU 26

 GUIZOS 8

 ADUFE 18

 AGOGÔ, ATABAQUE E XEQUERÉ 28

 *EMPUUNYI* 10

 *IKPAKON* 20

 ATABAQUE 30

 CUÍCA 12

 BATÁ 22

 TAMBORIM E BANJO 32

 TAMBOR 14

 TAMBORES--ESCULTURAS 24

 CAIXA 34

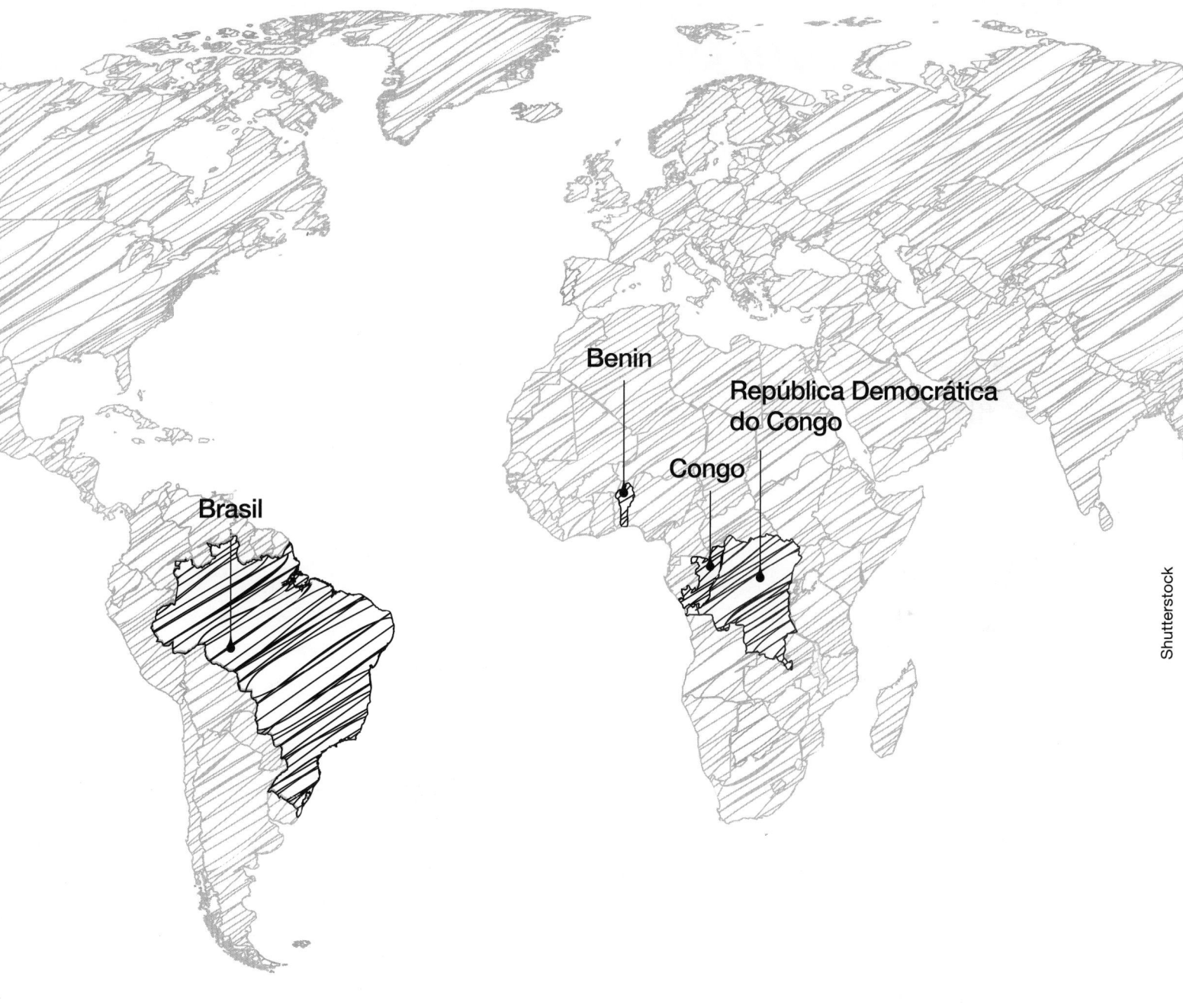

◈ Kalimba
República Democrática do Congo

A kalimba é um instrumento musical formado por uma base de madeira e tiras de ferro de tamanhos variados, fixadas apenas na parte de cima. A outra parte das tiras fica solta.

Com os dedos, o músico faz vibrar a parte das tiras que está solta, emitindo sons delicados e envolventes.

◈ **Guizos**

República Democrática do Congo

O menino dança, e os guizos atados aos tornozelos envolvem com música seus movimentos.

Feitos de metal e fixados ao corpo com tiras de couro, os guizos marcam o ritmo da música com seu som de chocalho.

◈ *Empuunyi*
República Democrática do Congo

Os tambores, chamados *empuunyi*, são tão grandes e pesados que os músicos precisam de ajuda para segurá-los. Feitos de madeira e pele de animais, são tocados com baquetas, e seu som grave e seco pode ser ouvido de muito longe.

◈ **Cuíca**

Congo-Brazzaville

Também conhecida como *kipuíta*, a cuíca é um instrumento feito com uma caixa de madeira e, na parte superior, recoberta por um couro bem esticado. Na parte interna, possui uma haste que repuxa o couro, o que produz um som peculiar. Às vezes, parece um rouco; outras vezes, uma risada. E há quem diga que lembra uma criança a chorar.

◈ **Tambor**

Benin

Os percussionistas usam as mãos ou as baquetas para extrair o som desses tambores, confeccionados com troncos de árvores escavados e cobertos com couro preso em pinos de madeira.

◆ **Gan**

Benin

A cantoria é embalada pelo gan, uma haste de ferro que tem peças em forma de sino em suas duas extremidades. O instrumentista faz soar os sinos com um pedaço de madeira – um tipo de baqueta.

◈ **Adufe**

Benin

O adufe é um instrumento que parece um pandeiro e é tocado por africanos de todas as idades. É quadrado, feito de madeira, recoberto com couro e, nas laterais, tem algumas rodinhas feitas de metal que produzem um som muito especial. É tocado apenas com uma das mãos.

◈ *Ikpakon*

Benin

As presas do elefante, de marfim, são transformadas em um instrumento de sopro chamado *ikpakon*. Enfeitado com metal, é preciso habilidade para extrair seu som misterioso.

◈ **Batá**

Benin

Instrumentistas africanos tocam o batá, um tipo de tambor horizontal formado por uma caixa cilíndrica de madeira coberta com couro nas duas extremidades. Geralmente, é usado pendurado no pescoço para dar mais liberdade para os músicos tocarem em festividades, cortejos ou desfiles.

◈ **Tambores-esculturas**

Benin

Esses tambores africanos gigantes representam o homem e a mulher. Eles são feitos de madeira, recobertos de couro e aparecem especialmente nas festas. Para tocá-los, é necessária uma plataforma de apoio, e seu som é poderoso.

◈ Berimbau
Bahia, Brasil

Muito popular no Brasil, esse instrumento africano marca os passos e os golpes dos capoeiristas. O berimbau é relativamente simples: um arco de madeira, meia cabaça e um fio de metal esticado, que funciona como corda. Toca-se o instrumento com uma vareta de madeira e uma moeda de metal que produz um som suave e marcante.

◈ **Agogô, atabaque e xequeré**
Bahia, Brasil

Grupo de afoxé. Músicos saem pelas ruas no Carnaval baiano tocando ritmos afro-brasileiros. Um deles toca um agogô (instrumento feito de ferro e percutido com uma vareta); três deles tocam atabaque (um tipo de tambor em que os músicos tocam diretamente sobre os couros para realizar os ritmos); e o último toca o xequeré (um tipo de chocalho feito de metal).

◆ **Atabaque**
Bahia, Brasil

Grupo de instrumentistas toca atabaque, tambor feito de madeira e recoberto na parte superior com couro. O atabaque maior é chamado *rum*; o de tamanho médio, *rumpi*; e o menor, *lé*.

◈ **Tamborim e banjo**

Bahia, Brasil

Instrumentistas tocam tamborim (pequeno tambor tocado com uma vareta de madeira) e banjo (parecido com um violão) em um samba de roda, estilo de música e de dança considerado o tipo mais antigo de samba.

◈ **Caixa**

Bahia, Brasil

A caixa, instrumento de percussão em que os ritmos são realizados por duas baquetas batidas diretamente no couro, tem um som vibrante e forte.

INFORMAÇÕES COMPLEMENTARES

Apresentação

Ler uma fotografia requer uma educação do olhar. Para realizar essa leitura, é necessário combinar apreciação e interpretação da imagem com a reflexão sobre o contexto em que foi produzida. A intenção dos textos a seguir, com informações complementares para o entendimento das fotografias, é fornecer alguns subsídios para esse processo.

Páginas 6 e 7

Nos países do continente africano, há uma grande variedade de instrumentos musicais, feitos de diversos materiais, formatos e tipos.

A kalimba é um instrumento musical de percussão idiofone, segundo o etnomusicólogo Kurt Sachs. Idiofone é o tipo de instrumento musical cujo som é obtido pela vibração do material com o qual é feita a fonte sonora.

A fotografia retrata um homem na função de instrumentista e representa a forte presença masculina na música tradicional africana.

Páginas 8 e 9

Na música tradicional africana há uma grande variedade de formas para se produzir sons. Do mesmo modo, as possibilidades sonoras vão muito além dos conjuntos formais de instrumentos musicais do Ocidente. Os instrumentos musicais podem ser utilizados de várias maneiras e estar integrados ao corpo para emitir som, como é possível observar na imagem.

A fotografia retrata um dançarino no momento da realização de uma coreografia. Com os instrumentos integrados ao corpo, colocados nos tornozelos, ele produz sons característicos dos guizos de metal de acordo com a dança. Os guizos funcionam como verdadeiros chocalhos e são classificados como instrumentos de percussão idiofone.

Páginas 10 e 11

A música instrumental tradicional africana é essencialmente do universo masculino. Entre os muitos instrumentos musicais, há o predomínio dos de percussão. Esses instrumentos são classificados como de percussão membranofone, ou seja, produzem som por meio da vibração de membranas distendidas, segundo o etnomusicólogo Curt Sachs.

A fotografia retrata um conjunto de tambores chamados *empuunyi*. Esse grande tambor é feito de uma grande caixa de madeira e couro animal esticado. Na imagem, é possível ver que pessoas precisam segurar os instrumentos para ajudar os músicos a realizar os ritmos. Esse tipo de instrumento musical de percussão deve ser percutido por meio de baquetas de madeira para que suas membranas distendidas possam vibrar.

Páginas 12 e 13

A fotografia retrata dois músicos tocando dois instrumentos distintos. O instrumentista do primeiro plano toca uma cuíca, um instrumento de percussão idiofone. Já o músico em segundo plano toca um tambor, classificado como instrumento de percussão membranofone.

Para tocar a cuíca, o instrumentista fricciona a caixa com a mão umedecida ou utiliza palha ou tecido umedecido. O tambor é percutido com as mãos do músico, que bate com ritmo na parte do couro esticado para obter o som. Na música afrodescendente do Brasil, há vários tipos de tambor.

A cuíca também está presente na música brasileira, em especial nas baterias das escolas de samba. Sua construção é feita por meio da escavação de um pedaço de madeira, da reciclagem de barrica de madeira e de folhas de metal. A membrana é feita de pele animal ou *nylon* e o manejo com uma peça de couro ou madeira.

O instrumento também é comum na Península Ibérica. Na Espanha e em Portugal, a caixa de ressonância da cuíca é feita de madeira ou com um jarro de barro adaptado. O manejo é similar ao dos países do continente africano. Contudo, a área da fricção pode ser feita com uma correia de couro ou com uma vareta.

Páginas 14 e 15

Os tambores africanos, instrumentos de percussão membranofone, são feitos com troncos de árvores escavados e couro de animais preso em pinos de madeira, para que fique bem esticado. Os músicos obtêm o som do instrumento batendo com as mãos ou com um tipo de baqueta ou vareta de madeira sobre o couro.

Normalmente, a percussão de tambor é uma função de instrumentistas masculinos. O tambor é responsável pelo desenvolvimento e pelas explorações rítmicas, o que torna a música convidativa à dança. Alguns povos africanos também utilizam o instrumento para transmitir mensagens.

Páginas 16 e 17

A fotografia retrata dois instrumentistas africanos. O primeiro toca gan, instrumento musical de percussão idiofone, e o segundo, um tipo de chocalho. Esses dois instrumentos estão presentes nas festas tradicionais.

No Brasil, o gan é conhecido como agogô e está em vários conjuntos instrumentais de música afrodescendente, como na bateria das escolas de samba. Há também outros instrumentos musicais de procedência africana feitos de ferro, como o gonguê, presente no conjunto instrumental do Maracatu de Pernambuco. Esse instrumento é composto de uma única campânula, com um formato médio de 40 cm de comprimento, e é percutido com uma haste de ferro.

Páginas 18 e 19

A fotografia retrata um conjunto de instrumentistas que tocam em uma festa na cidade de Porto Novo, no Benin, país da região ocidental da África. Os músicos realizam seus ritmos com o adufe, instrumento de percussão membranofone e idiofone composto de platinelas, pequenos discos feitos de metal colocados lateralmente nesse tipo de pandeiro.

No Brasil, os pandeiros são redondos, recobertos de couro e com um número maior de platinelas. Esses instrumentos estão presentes na formação das baterias das escolas de samba, em conjuntos instrumentais de capoeira e em outras manifestações musicais afrodescendentes.

Páginas 20 e 21

Na fotografia, um músico africano toca o *ikpakon*, instrumento de sopro tradicional do Benin. Confeccionado com marfim retirado das presas de elefantes, é considerado um aerofone, que produz som pela vibração do ar. O músico precisa soprar na fenda perfurada no marfim para produzir o som.

Esse instrumento musical é utilizado em cerimônias e festas da realeza no país. O uso do marfim na composição desse instrumento é revestido de um significado especial, pois, assim como o leão, o elefante é um animal relacionado ao rei.

Páginas 22 e 23

A fotografia retrata um conjunto de músicos tocando batá, instrumento de percussão membranofone e idiofone em virtude dos guizos colocados em suas extremidades. O batá é encourado em ambas as extremidades. A percussão é feita com o uso de baquetas de madeira e com as mãos, cada uma delas em uma extremidade.

O uso social do batá ocorre nas festas e, em especial, nos cortejos, o que faz o músico levá-lo pendurado no pescoço. Desse modo, o percussionista fica livre para se movimentar e dançar. Na África, o uso do batá ocorre na Nigéria e no Benin, países da África ocidental, e também está presente na música afro-cubana.

Páginas 24 e 25

A arte tradicional africana se manifesta na arquitetura, na indumentária, nos penteados, nos utensílios das casas e, também, nos instrumentos musicais. Essa arte deve ser compreendida como um conjunto de manifestações para serem usadas e não apenas apreciadas. Para muitos povos africanos, a beleza dos objetos está diretamente relacionada às suas funções no cotidiano e nas festas.

A fotografia mostra dois grandes e magníficos tambores, retrata o trabalho do entalhe sobre a madeira e revela aspectos antropomorfos, pois esses tambores são verdadeiras esculturas que representam o homem e a mulher e comprovam a beleza dos instrumentos musicais utilizados pelos músicos africanos. O conceito de beleza é cultural e deve ser entendido e valorizado conforme cada povo e cada cultura.

Páginas 26 e 27

A fotografia retrata um homem tocando berimbau, instrumento de percussão monocórdico, que pode ser classificado como corda percutida. Formado por um arco de madeira com um fio de arame esticado, possui, na parte inferior, uma meia cabaça que funciona como uma caixa de ressonância. A corda é percutida por meio da vibração feita com uma haste de madeira e uma moeda ou um pequeno disco de ferro chamado "dobrão".

Na capoeira, o berimbau é o instrumento mais característico e as músicas executadas são chamadas "toques". Outro instrumento de percussão que complementa o berimbau é o caxixi, um tipo de chocalho classificado como de percussão idiofone. Para completar o conjunto musical de capoeira, são utilizados pandeiros e atabaques.

Além do Brasil, o berimbau está presente na música tradicional de povos de Angola, país da costa ocidental da África, e em alguns países da África central, onde pode ser chamado *urucungu*.

Páginas 28 e 29

O afoxé é uma manifestação afrodescendente que ocorre principalmente na Bahia, mas encontra representatividade em cidades como Rio de Janeiro, São Paulo e Recife. É um cortejo de rua no qual são tocados instrumentos musicais africanos e os cânticos realizados são uma mistura de português e iorubá ou apenas iorubá, língua africana falada no Benin, na Nigéria e no Togo. Essa manifestação está integrada a outras festas, como o Carnaval, no Nordeste do país, e o Maracatu de Pernambuco, Recife.

O afoxé é uma manifestação do Carnaval e cada grupo possui suas fantasias e cores peculiares. Na fotografia, um grupo de afoxé desfila no Carnaval baiano e é possível identificar os instrumentos que formam o conjunto básico de afoxé. Da esquerda para a direita, vê-se um agogô, três atabaques e um xequeré. Esses instrumentos são de percussão idiofone e feitos com uma cabaça recoberta por uma rede de contas ou búzios.

Páginas 30 e 31

No Brasil, os atabaques são de grande importância na formação de diversos grupos musicais, pois são instrumentos de base. A palavra "atabaque" procede do árabe *atabal*, que significa "tambor", instrumento de percussão membranofone.

Esses instrumentos podem ter vários tipos e tamanhos. Essa variedade está representada na fotografia. Da esquerda para a direita, pode-se ver o atabaque maior do conjunto, chamado "rum", seguido pelo de tamanho médio, conhecido como "rumpi" e o terceiro e menor atabaque, o "lé". Suas caixas de ressonância podem ser feitas de troncos da árvore escavados ou da reciclagem de tonéis ou barricas.

Páginas 32 e 33

A fotografia retrata músicos em um samba de roda, modalidade de samba popular da Bahia, com dois instrumentos distintos: o instrumentista à esquerda toca um tamborim e o músico à direita, um banjo.

Em um formato ampliado, o tamborim aparece nas baterias das escolas de samba e difere-se do tamborim usual, que é menor. Classificado como instrumento membranofone, é feito de um aro de madeira recoberto de couro. O tamborim é um instrumento proveniente da cultura afro-islâmica chamado *tamboril*. O banjo, instrumento de procedência africana, é classificado como de cordas dedilhadas. Similar a um violão, o banjo está presente na formação instrumental do *jazz*, estilo de música considerado uma manifestação afro-americana.

Esses dois instrumentos fazem da música do samba de roda uma arte peculiar. O nome dessa modalidade de samba é originário de sua formação coreográfica (uma roda composta de dançarinos) e do desenvolvimento da dança, realizada quando o solista do centro da roda convida outra pessoa para dançar com uma "umbigada", passo de dança no qual um dançarino dá uma pancada com o umbigo na pessoa que irá substituí-lo. Esse passo também é conhecido como *semba*, palavra que originou o termo "samba".

Páginas 34 e 35

A caixa é um instrumento de percussão membranofone muito presente na música ocidental. A fotografia retrata uma mulher instrumentista tocando caixa, um caso excepcional no âmbito da música tradicional africana e afrodescendente no Brasil, pois a maioria dos músicos são homens.

Conhecida como "caixeira", a mulher destaca-se como instrumentista principal nas festas do Maranhão. Nessas festas, é comum a presença de um conjunto de caixeiras, que dançam enquanto percutem seus instrumentos. Há uma relação peculiar dos músicos maranhenses com povos e culturas do Benin, país da região ocidental da África.

Pierre Verger

Pierre Edouard Léopold Verger, conhecido como Pierre Fatumbi Verger, nasceu em Paris, em 4 de novembro de 1902, e faleceu em 11 de fevereiro de 1996, na cidade de Salvador, Bahia.

Verger é considerado um dos mais importantes fotógrafos do século XX, tendo construído sua obra a partir da década de 1930, fotografando por mais de cinquenta anos.

Verger olha o mundo, aproxima o Oriente do Ocidente e aprofunda as relações entre a África e o Brasil.

No Brasil fotografou Pernambuco, Pará, Maranhão, Rio de Janeiro, São Paulo, Brasília e, principalmente, a Bahia, onde escolheu viver.

A custódia de sua obra pertence à Fundação Pierre Verger, criada em Salvador, em 1988, que assim assume o papel de instituição responsável e mantenedora de seu legado.